幽韵雅集·古诗词选

美人怜

一枝红艳露凝香

韩玉龙 编著

陕西新华出版传媒集团
太白文艺出版社

图书在版编目（CIP）数据

美人怜 ：一枝红艳露凝香 / 韩玉龙编著. -- 西安 ：太白文艺出版社，2020.8
（幽韵雅集·古诗词选 / 李路主编）
ISBN 978-7-5513-0966-0

Ⅰ. ①美… Ⅱ. ①韩… Ⅲ. ①古典诗歌－诗集－中国 Ⅳ. ①I222

中国版本图书馆CIP数据核字（2020）第097602号

美人怜：一枝红艳露凝香
MEIRENLIAN:YI ZHI HONGYAN LU NINGXIANG

主　　编　李　路
作　　者　韩玉龙
责任编辑　李明婕
装帧设计　钟文娟　刘昌凤
出版发行　陕西新华出版传媒集团
　　　　　太白文艺出版社
经　　销　新华书店
印　　刷　河北环京美印刷有限公司
开　　本　787mm×1092mm　1/32
字　　数　76千字
印　　张　6.5
版　　次　2020年8月第1版
印　　次　2020年8月第1次印刷
书　　号　ISBN 978-7-5513-0966-0
定　　价　49.80元

联系电话：029-81206800
出版社地址：西安市曲江新区登高路1388号（邮编：710061）
营销中心电话：029-87277748　029-87217872

总序

行幽韵之事，博雅趣之长

李路

有书云：香令人幽，酒令人远，茶令人爽，琴令人寂，棋令人闲，剑令人侠，杖令人轻，麈令人雅，月令人清，竹令人冷，花令人韵，石令人隽，雪令人旷，僧令人淡，蒲团令人野，美人令人怜，山水令人奇，书史令人博，金石鼎彝令人古。

说尽世间之『韵』事也。

古典诗词蕴含着中华民族千年文化的基因，从中国诗歌的滥觞《诗经》开始，绵延不绝，形成了楚辞、唐诗、宋词、元曲等一座座高峰。这些跨越千年的文字，如那亘古沉静的璀璨星辰，点亮中华文明的发展历程，使之流光溢彩、熠熠生辉。

曾几何时，我们跟随苏子瞻共吟『莫听穿林打叶声，何妨吟啸且徐行。竹杖芒鞋轻胜马，谁怕？一蓑烟雨任平生』，千古洒脱、百世豁达；跟随李太白同问『青天有月来几时，我今停杯一问之』，豪放俊迈、浪漫飘逸；跟随王摩诘共奏『独坐幽篁里，弹琴复长啸』，诗卷漫天，物我两忘；跟随李易安同叹『醉里插花花莫笑，可怜春似人将老』，真挚庄雅，婉丽哀伤；跟随纳兰容若共愁『西风多少恨，吹不散眉弯』，哀感顽艳，格高韵远……这些熟悉的文字，勾勒出一圈圈唯美的时光年轮，伴随我们安静地与岁月对话。

古人善雅事，『纸帐梅花，休惊他三春清梦；笔床茶灶，可了我半日浮生』『灯下玩花，帘内看月，雨后观景，醉里题诗，梦中闻书声，皆有别趣』。

据此，择香、酒、茶、琴、棋、剑、杖、麈、月、竹、花、

石、雪、僧、美人、山水、书史、金石相应清诗雅词，辑为小集，名『幽韵雅集』，行幽韵之事，博雅趣之长。让我们在这些文字中赏松阴花影的静谧，山月美人的清魂，拨弦烹茶的惬意，采菱秋水的灵动。听琴声悠扬，行笔墨流转，品人间雅趣。

三千年来的古诗词，浩如烟海，编者在辑选过程中，以意境美、文字美、韵律美为择选的标准。在鉴赏时，不求全析，只求共鸣，用感发人心的淡美文字对其解析。

本辑精选齐白石、吴湖帆、溥儒、石涛、傅抱石、黄宾虹、于非闇、陈少梅、张石园、吴昌硕等大师的绘画作品，文、图、鉴意境融合，辉映共生。

同时，编者严选底本，精心校注，展现经典本来的面貌。

在编排过程中，本辑提取诗词名字的首字部首，

并依据《汉字部首表》，按照笔画数由少到多的次序进行排序。但因编排体例的限制，笔画数相同的以及起笔笔形相同的，不再遵循横（一）、竖（丨）、撇（丿）、点（丶）、折（乛）的顺序排列，而按照各诗词不同意境依次排序。

因能力有限，在成书过程中，未免有鲁鱼亥豕之讹，敬请各位读者不吝指正。

二〇二〇年五月

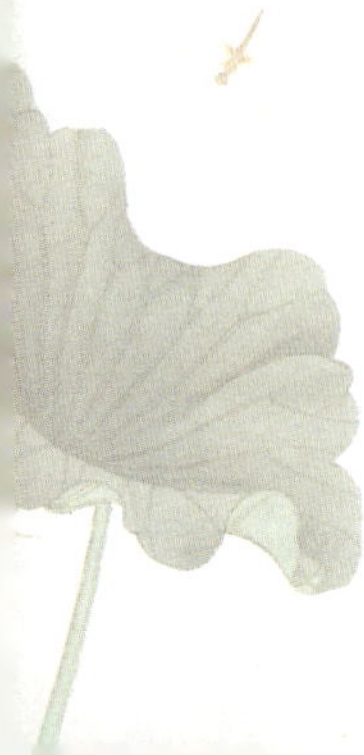

自序

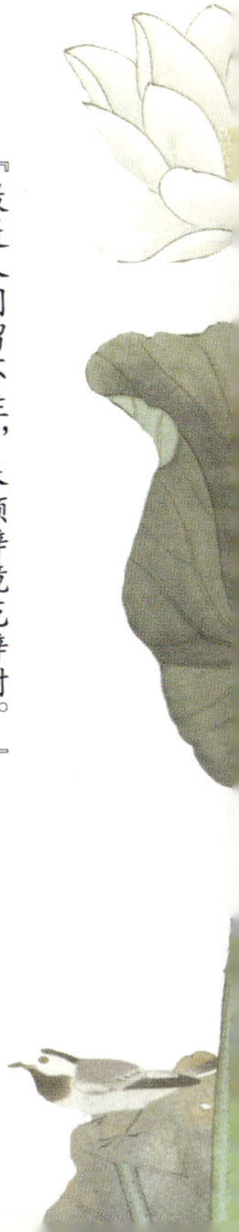

『最是人间留不住，朱颜辞镜花辞树。』

在中国古典文学海洋中，『美人』一直是文人骚客笔下常见的意象。她们美得纯粹，『螓首蛾眉。巧笑倩兮，美目盼兮』；她们美得出尘，『回眸一笑百媚生，六宫粉黛无颜色』；她们美得热烈，『昔有佳人公孙氏，一舞剑器动四方』；她们也美得落寞，『燕支长寒雪作花，蛾眉憔悴没胡沙』。

『美人』寄托了诗人对美好爱情的向往，他们『衣带渐宽终不悔，为伊消得人憔悴』；『美人』也寄托了诗人的理想，他们常常以香草美人为喻，诉说自己的郁郁不得志，『悲忧穷戚兮独处廓，有美一人兮心不绎』。可以说，『美人』是诗人们的心之所系，也是诗人们的灵魂寄居之所。正因为如此，诗人们才常常会有『自古美人如名将，不许人间见白头』的感慨。

千百年来，诗人们借用『美人迟暮』，抒发自己生不逢时、年华虚掷的情感。

时光穿越千年，我们一步步走过古人的思怀与眷念。在悠长又寂寥的雨巷中，遇着一个撑着油纸伞的姑娘，她有『太息般的眼光，丁香般的惆怅』；当岁月催老容颜，仍有人『爱你那朝圣者的灵魂，爱你衰老了的脸上痛苦的皱纹』。无论时间，无论地域，我们对美好的人与美好的情感的热爱与赞叹，亘古不变。

在这本小书中，我们摘取那些留存在时空罅隙中的吉光片羽，用诗意凝成诗意，送给每一个热爱文学、热爱美的你。

二〇二〇年五月

目录

·一笔画·

·二笔画·

·三笔画·

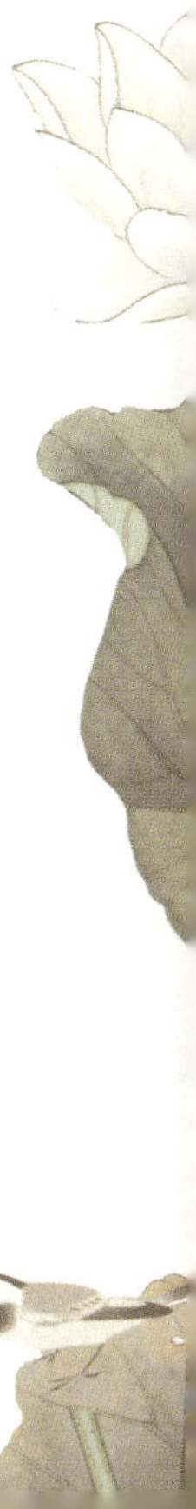

美人怜
一枝红艳露凝香

借山老人白

美人怜

美人令人怜

寄萍堂上老人作

九十六歲白石

◎一落索·眉共春山争秀

[宋] 周邦彦

眉共春山争秀，可怜长皱。
莫将清泪湿花枝，恐花也、如人瘦。
清润玉箫闲久，知音稀有。
欲知日日倚栏愁，但问取、亭前柳。

◎周邦彦，字美成，号清真居士，北宋词人。作品多写闺情、羁旅，也有咏物之作。今存《片玉集》。

◎深蹙的蛾眉秀如春山，佳人泪湿双颊，一日复一日憔悴。玉箫久不闻，知音世难寻。怕只有，亭前杨柳，知晓她的忧愁。

◎东飞伯劳歌

【南北朝】萧衍

东飞伯劳西飞燕，黄姑织女时相见。
谁家女儿对门居，开颜发艳照里闾。
南窗北牖yǒu挂明光，罗帷绮帐脂粉香。
女儿年几十五六，窈窕无双颜如玉。
三春已暮花从风，空留可怜谁与同？

◎萧衍，字叔达，南北朝时期南梁的建立者。萧衍博通文史，文笔华丽，所作诗赋众多，其中不乏名作。

◎月色照见屋中倩影，风吹罗帏，脂粉飘香。春已迟暮，花已凋零，女儿这样美丽，又有谁怜爱呢？

◎丽人行

【唐】杜甫

三月三日天气新，长安水边多丽人。态浓意远淑且真，
肌理细腻骨肉匀。绣罗衣裳照暮春，蹙金孔雀银麒麟。
头上何所有？翠微㔩叶垂鬓唇。背后何所见？
珠压腰衱稳称身。就中云幕椒房亲，赐名大国虢与秦。

紫驼之峰出翠釜，水精之盘行素鳞。犀箸zhù厌饫yù久未下，

鸾刀缕切空纷纶。黄门飞鞚kòng不动尘，御厨络绎送八珍。

箫鼓哀吟感鬼神，宾从杂遝tà实要津。后来鞍马何逡巡，

当轩下马入锦茵。杨花雪落覆白蘋，青鸟飞去衔红巾。

炙手可热势绝伦，慎莫近前丞相嗔！

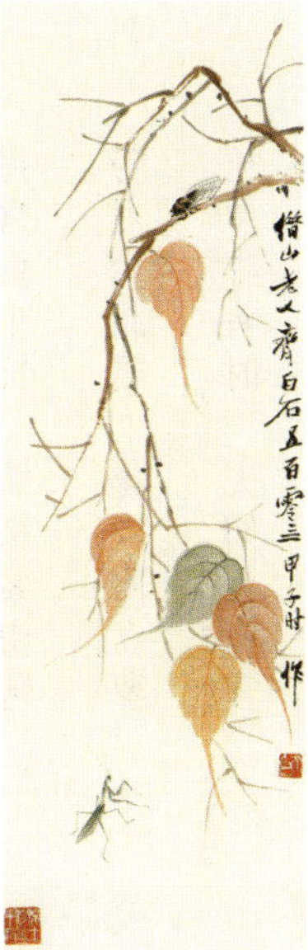

◎杜甫，字子美，自号少陵野老，唐代诗人。他被后人称为“诗圣”，他的诗被称为“诗史”，与李白合称“李杜”。

◎三月的曲江河畔，春色如新。结伴而行的游春丽人们，华贵雍容，言笑晏晏。笙箫歌舞，山珍海味，一样不少。杨花浮水，青鸟暗衔。我劝常人莫近前，以免丞相嗔怪。

◎冉冉孤生竹

《古诗十九首》

冉冉孤生竹，结根泰山阿；
与君为新婚，兔丝附女萝。
兔丝生有时，夫妇会有宜；
千里远结婚，悠悠隔山陂。

思君令人老，轩车来何迟！
伤彼蕙兰花，含英扬光辉，
过时而不采，将随秋草萎。
君亮执高节，贱妾亦何为！

◎《古诗十九首》是中国古代文人五言诗选辑，由南北朝的萧统从传世无名氏古诗中选录十九首编入《文选》而成。

◎野竹结根泰山，兔丝缠绕女萝。你我相亲，我此心不渝。我走过千山万水来与你结婚，正是新婚恩爱时，你却远赴他乡。日日相思，韶华渐逝。我知君心如磐石，我亦不违此誓，等你归来。

◎久别离

【唐】李白

别来几春未还家，玉窗五见樱桃花。
况有锦字书，开缄使人嗟。
至此肠断彼心绝，云鬟绿鬓罢梳结，愁如回飚乱白雪。
去年寄书报阳台，今年寄书重相催。
东风兮东风，为我吹行云使西来。
待来竟不来，落花寂寂委青苔。

◎李白，字太白，号青莲居士，唐代浪漫主义诗人，被后人誉为“诗仙”，他的诗雄奇飘逸，艺术成就极高。

◎君离家多年，书信一封又一封，但仍没有君回家的消息。君心已绝，我肝肠寸断。从此懒梳妆，心绪如风吹乱雪，难以安宁。我的青春犹如这暮春的落花，寂静地落下，慢慢地枯萎。

上邪

《汉乐府》

上邪！我欲与君相知，长命无绝衰。
山无陵，江水为竭，冬雷震震，
夏雨雪，天地合，乃敢与君绝！

◎乐府，初设于秦，正式成立于西汉武帝时期，职责是采集民间歌谣或文人诗来配乐，它搜集整理的诗歌就叫“乐府诗”。

◎愿与君相知相惜，我心与天地同期。若非山断水竭，冬雷夏雪；若非天地相合，万物湮灭，愿指苍天为鉴，此情无断绝。

◎贫女

［唐］秦韬玉

蓬门未识绮罗香，拟托良媒益自伤。
谁爱风流高格调，共怜时世俭梳妆。
敢将十指夸针巧，不把双眉斗画长。
苦恨年年压金线，为他人作嫁衣裳。

◎秦韬玉，字中明，唐代诗人。其诗皆是七言，构思奇巧，语言清雅，意境浑然，《贫女》是其代表作之一。

◎我本蓬门女，不识绮罗香。世人皆爱粉面红装，唯有我俭梳妆。良媒难托，佳偶难寻。可叹我巧手绣锦，年复一年，却是为他人作嫁衣裳。

◎佳人曲

【汉】李延年

北方有佳人，绝世而独立。
一顾倾人城，再顾倾人国。
◎宁nìng不知倾城与倾国？
佳人难再得。

◎李延年，西汉音乐家，汉武帝宠妃李夫人的哥哥。

◎佳人绝代，出落凡尘。我愿与之相逢，纵使倾城、倾国，也甘愿。

◎佳人

【唐】杜甫

绝代有佳人，幽居在空谷。自云良家子，零落依草木。

关中昔丧乱，兄弟遭杀戮。官高何足论？不得收骨肉。

世情恶衰歇，万事随转烛。夫婿轻薄儿，新人美如玉。

合昏尚知时，鸳鸯不独宿。但见新人笑，那闻旧人哭？

在山泉水清，出山泉水浊。
侍婢卖珠回，牵萝补茅屋。
摘花不插发，采柏动盈掬。
天寒翠袖薄，日暮依修竹。

◎空谷幽幽，寒风如泣。草木零落，人也零落。人生万事如风中泪烛，火中枯叶，辗转都成空。只见新人欢笑，哪闻旧人悲泣？

◎谒金门·春漏促

【唐】韦庄

春漏促，金烬暗挑残烛。
一夜帘前风撼竹，梦魂相断续。
有个娇娆如玉，夜夜绣屏孤宿。
闲抱琵琶寻旧曲，远山眉黛绿。

◎韦庄，字端己，晚唐诗人、词人。韦庄工诗，“花间派”代表作家，与温庭筠并称“温韦”。

◎夜来凉风，摇曳着屋外的翠竹；声声更漏，惹人心乱。梦魂难安的夜，我只有将残烛挑燃，抱起琵琶，弹一曲旧时歌。

◎调笑令·团扇

[唐]王建

团扇，团扇，美人病来遮面。
玉颜憔悴三年，谁复商量管弦？
弦管，弦管，春草昭阳路断。

◎王建，字仲初，唐朝诗人。其诗题材广泛，生活气息浓厚。

◎抱病三年，玉颜憔悴，管弦不闻，无情春草遮住了通往昭阳殿的道路。

◎诉衷情·夜来沉醉卸妆迟

【宋】李清照

夜来沉醉卸妆迟，梅萼插残枝。
酒醒熏破春睡，梦断不成归。
人悄悄，月依依，翠帘垂。
更挼残蕊，更捻余香，更得些时。

◎李清照，号易安居士，宋代女词人，婉约词派代表，形式上善用白描手法，语言清丽。著有《易安居士文集》《易安词》等。

◎夜里大醉后，来不及卸妆，便沉沉睡去。鬓边梅香，惊破我一夜沉睡。梦中回家的路太遥远，心中无限惆怅。和着凉凉月色，我捻碎残花，捻尽余香，将这长夜慢慢消磨。

◎凛凛岁云暮

《古诗十九首》

凛凛岁云暮，蝼蛄夕鸣悲。
凉风率已厉，游子寒无衣。
锦衾遗洛浦，同袍与我违。
独宿累长夜，梦想见容辉。
良人惟古欢，枉驾惠前绥。

愿得常巧笑，携手同车归。
既来不须臾，又不处重闱。
亮无晨风翼，焉能凌风飞？
眄睐以适意，引领遥相睎。
徙倚怀感伤，垂涕沾双扉。

◎凄凄岁暮，蝼蛄哀鸣。良人身远，剩我独眠。容颜依旧，笑语如昨，却是梦里相逢。只恨无双翼，不能飞到良人的身边。只有日日倚门而立，泪流满面盼君归。

◎减字浣溪沙·闲把琵琶旧谱寻

【宋】贺铸

闲把琵琶旧谱寻，四弦声怨却沉吟。
燕飞人静画堂深。
欹枕有时成雨梦，隔帘无处说春心。
一从灯夜到如今。

◎贺铸，字方回，又名贺三愁，人称贺梅子，自号庆湖遗老。北宋词人，能诗文，尤长于词。

◎独坐屋内，怀抱琵琶。弹一支旧曲，梁燕也不忍听闻这哀怨的琴声，飞走了。元夜一别，梦萦魂牵到如今。春心无处诉，唯有梦里与君相见。

◎南乡子·乘彩舫

【唐】李珣

乘彩舫，过莲塘，
棹歌惊起睡鸳鸯。
游女带花偎伴笑，
争窈窕，竞折团荷遮晚照。

◎李珣，晚唐词人，字德润，今存词五十四首，多感慨之音。

◎莲花塘上轻舟漂荡，悠扬的歌声惊起倦意绵绵的鸳鸯。满身香气的少女们，巧笑嫣然，她们折下团荷，将夕阳轻遮。

◎南歌子·香墨弯弯画

〔宋〕秦观

香墨弯弯画，燕脂淡淡匀。
揉蓝衫子杏黄裙，独倚玉阑无语点檀唇。
人去空流水，花飞半掩门。
乱山何处觅行云？
又是一钩新月照黄昏。

◎秦观，宋代词人，字少游，一字太虚，别号邗沟居士。所写诗词高古沉重，文丽思深。著有《劝善录》《逆旅集》等。

◎施粉黛，着新装，却玉栏独倚，默默无语。君一去如东流江水，只余我日日半掩房门盼君归。君似行云踪迹难觅，弯月挂天边，又是一个孤寂的夜晚。

◎十二月过尧民歌·别情

〔元〕王实甫

自别后遥山隐隐，更那堪远水粼粼。
见杨柳飞绵滚滚，对桃花醉脸醺醺。
透内阁香风阵阵，掩重门暮雨纷纷。
怕黄昏忽地又黄昏，不销魂怎地不销魂？

新啼痕压旧啼痕，
断肠人忆断肠人。
今春，香肌瘦几分，
搂带宽三寸。

◎王实甫，名德信，元代著名杂剧作家，著有杂剧十四种，现存《西厢记》《丽春堂》《破窑记》三种。

◎山远水长，不见归人。自从与君分别后，我见风也愁，见花也悲。怨似东风，双泪纵横，教人怎么不断肠？一春又过，人瘦了几分？

◎卜算子·我住长江头

［宋］李之仪

我住长江头，君住长江尾。
日日思君不见君，共饮长江水。
此水几时休，此恨何时已。
只愿君心似我心，定不负相思意。

◎李之仪，字端叔，自号姑溪居士、姑溪老农，宋代词人。

◎君与我天涯两端，日日相思，却无见时。江水东流不竭，似我离情不绝。此心不违，此誓不移，但愿君心如我心。

◎双双燕·咏燕

【宋】史达祖

过春社了，度帘幕中间，去年尘冷。
差池欲住，试入旧巢相并。
还相雕梁藻井，又软语、商量不定。
飘然快拂花梢，翠尾分开红影。

芳径，芹泥雨润。
爱贴地争飞，竞夸轻俊。
红楼归晚，看足柳昏花暝。
应自栖香正稳，便忘了天涯芳信。
愁损翠黛双蛾，日日画阑独凭。

◎史达祖，字邦卿，号梅溪，宋代婉约派词人，风格工巧，其词以咏物见长。今存词一百一十二首。

◎春风微雨，堂前燕子双飞。絮语呢喃，拨花梢，掠花影。小径春泥湿，柳暗花影迷。燕子啊，是否只顾自在游玩，却忘捎故人尺素？画栏独凭，伊人憔悴，望穿秋水。

◎凭栏人·闺怨

【元】王元鼎

垂柳依依惹暮烟，素魄娟娟当绣轩。
妾身独自眠，月圆人未圆。
啼得花残声更悲，叫得春归郎未知。
杜鹃奴倩伊，问郎何日归？

◎王元鼎，字里，元代戏曲作家。现存散曲小令七首、套数二套。

◎月光入我轩窗，照见我孤影独眠。芳菲落尽，杜宇声声。若是得见故人，请代我问他，何日是归期？

◎后宫词

【唐】白居易

泪湿罗巾梦不成，
夜深前殿按歌声。
红颜未老恩先断，
斜倚熏笼坐到明。

◎白居易，字乐天，号香山居士，唐代伟大的现实主义诗人，其诗题材广泛，语言平易通俗，著有《白氏长庆集》等。

◎声声幽咽，泪湿罗巾。容颜未枯，但君恩已绝。更漏尽，独坐到天明。

◎国风·卫风·硕人

《诗经》

硕人其颀，衣锦褧衣。齐侯之子，卫侯之妻，
东宫之妹，邢侯之姨，谭公维私。手如柔荑，
肤如凝脂，领如蝤蛴，齿如瓠犀，螓首蛾眉。
巧笑倩兮，美目盼兮。硕人敖敖，说于农郊。
四牡有骄，朱幩镳镳，翟茀以朝。大夫夙退，

无使君劳。河水洋洋，北流活活。施罛涉涉，鳣鲔发发，葭菼揭揭。庶姜孽孽，庶士有朅。

◎《诗经》，中国最早的一部诗歌总集，收录了西周初年至春秋中叶的诗歌。

◎皑皑山上雪，涟涟水中波，都比不上卫夫人仙姿玉色；涓涓清溪，袅袅芦荻，也无法比拟她浅笑时的梨涡。

◎咏邻女东窗海石榴

【唐】李白

鲁女东窗下，海榴世所稀。
珊瑚映绿水，未足比光辉。
清香随风发，落日好鸟归。
愿为东南枝，低举拂罗衣。
无由一攀折，引领望金扉。

◎一：一作“共”。

◎伊人绿纱窗下，灼灼海石榴花。花香袭人，倦鸟归巢。姣姣好女，却奈何有缘相望，无缘相识。

◎行行重行行

《古诗十九首》

行行重行行，与君生别离。
相去万余里，各在天一涯。
道路阻且长，会面安可知？
胡马依北风，越鸟巢南枝。

相去日已远，衣带日已缓。
浮云蔽白日，游子不顾反。
思君令人老，岁月忽已晚。
弃捐勿复道，努力加餐饭。

◎与君一别，各分天涯。山断水阻，相会遥遥无期。我衣带渐宽，朱颜枯损，皆为思君。又是一岁将暮，我亦无别话，君且珍重。

◎行宫

[唐]元稹

寥落古行宫，
宫花寂寞红。
白头宫女在，
闲坐说玄宗。

◎元稹，字微之，唐朝诗人、文学家。诗词成就巨大，言浅意哀。现存诗八百三十余首，著有《元氏长庆集》等。

◎琼楼深殿，寂寂宫墙，此间宫花寂寞地开放。白发宫娥，闲来无事，诉说着过去的事。

◎得阎伯钧书

［唐］李冶

情来对镜懒梳头，
暮雨萧萧庭树秋。
莫怪阑干垂玉箸，
只缘惆怅对银钩。

◎李冶，字季兰，唐朝女诗人、道士。

◎暮雨寒凉，冷落一院秋色。看镜中人，云鬓疏松。我泪如雨落，你莫要笑我，那天边新月，知我意难平。

◎涉江采芙蓉

《古诗十九首》

涉江采芙蓉，兰泽多芳草。
采之欲遗谁？所思在远道。
还顾望旧乡，长路漫浩浩。
同心而离居，忧伤以终老。

◎芙蓉清丽，兰草芬芳。我心知是你所赠，奈何淹留他方。长路漫漫，归期渺茫，只有两处相思，忧伤终老。

◎酒泉子·楚女不归

【唐】温庭筠

楚女不归，楼枕小河春水。
月孤明，风又起，杏花稀。
玉钗斜簪◎zān云鬟髻，裙上金缕凤。
八行书，千里梦，雁南飞。

◎温庭筠，原名岐，字飞卿。唐代诗人、词人。温庭筠精通音律，诗词兼工。其诗辞藻华丽，浓艳精致，内容多写闺情。

◎天边一弯孤月，照见楼中的我只影独坐。流水潺潺，带走了一树残花。我盼春归去，好让南飞的鸿雁，带着我的思念奔向你。

◎清平调词三首

［唐］李白

其一

云想衣裳花想容，
春风拂槛露华浓。
若非群玉山头见，
会向瑶台月下逢。

◎貌若牡丹吐露，衣似七彩云霓。贵妃之容姿，只有群玉山中，月下瑶台才能得见。

其二

一枝红艳露凝香，
云雨巫山枉断肠。
借问汉宫谁得似，
可怜飞燕倚新妆。

◎那凝香带露的牡丹，鲜红娇艳，举世无双。纵是巫山神女也不如你美，汉宫飞燕，也只能倚仗新妆，才敢与你比美。

其三

名花倾国两相欢，
长得君王带笑看。
解释春风无限恨，
沉香亭北倚阑干。

◎佳人风华绝代，牡丹名动京城。君王满面含笑，无限惆怅也随春风消解。

◎潇湘神·斑竹枝

［唐］刘禹锡

斑竹枝，斑竹枝，
泪痕点点寄相思。
楚客欲听瑶瑟怨，
潇湘深夜月明时。

◎刘禹锡，字梦得，唐朝文学家、哲学家，有“诗豪”之称。涉猎题材广泛，诗文俱佳，著有《刘梦得文集》《刘宾客集》。

◎潇湘水上，月明之时，请您听一曲瑶瑟的幽怨，那竹上的斑斑点点，是我相思的泪痕。

◎江南曲

【唐】李益

嫁得瞿塘贾，
朝朝误妾期。
早知潮有信，
嫁与弄潮儿。

◎李益，字君虞，唐代诗人，以边塞诗作出名，尤其擅长七言绝句。

◎潮来有信，郎去不归。早知商人无信，不如嫁与弄潮儿，这潮水涨落终有时，何用我空盼归期？

◎河传·风飐

【五代】孙光宪

风飐，波敛，团荷闪闪，珠倾露点。

木兰舟上，何处吴娃越艳？藕花红照脸。

大堤狂杀襄阳客，烟波隔，渺渺湖光白。

身已归，心不归，斜晖，远汀鸂鶒飞。

◎孙光宪，字孟文，五代诗人。孙光宪词以情景交融、婉约缠绵见长，今存词八十四首。

◎池水被风吹皱，荷叶上露珠如碎玉点点。木兰舟上，藕花似人面。纵一曲狂歌，客心已随轻舟远。

◎洞仙歌·冰肌玉骨

【宋】苏轼

余七岁时，见眉州老尼，姓朱，忘其名，年九十岁。自言尝随其师入蜀主孟昶宫中。一日大热，蜀主与花蕊夫人夜纳凉摩诃池上，作一词，朱具能记之。今四十年，朱已死久矣，人无知此词者。但记其首两句，暇日寻味，岂《洞仙歌令》乎？乃为足之云。

冰肌玉骨，自清凉无汗。
水殿风来暗香满。
绣帘开、一点明月窥人，
人未寝，欹枕钗横鬓乱。

起来携素手，庭户无声，
时见疏星渡河汉。试问夜如何？
夜已三更。金波淡、玉绳低转。
但屈指、西风几时来？又不道、
流年暗中偷换。

◎苏轼，字子瞻，号东坡居士，宋朝文学家、书法家，有《东坡七集》《东坡易传》《东坡乐府》等。

◎香风为我卷帘，趁着一线清辉，暗中把佳人窥探。夜已三更，与佳人执手相看，那月色朦胧，星河流转。不知不觉间，流年似水，岁月匆匆。

◎汉宫春·立春日

［宋］辛弃疾

春已归来，看美人头上，袅袅春幡。
无端风雨，未肯收尽余寒。年时燕子，
料今宵、梦到西园。浑未办，黄柑荐
酒；更传青韭堆盘。

却笑东风从此，便薰梅染柳，

更没些闲。闲时又来镜里，

转变朱颜。清愁不断，

问何人，会解连环？

生怕见，花开花落，朝来塞雁先还。

◎辛弃疾，字幼安，号稼轩。宋代豪放派词人、将领。其词艺术风格多样，以豪放为主，著有《稼轩长短句》等。

◎无心的东风，只知熏梅染柳，偶然来镜中，却又使我朱颜哀改。清愁绵绵，何人可解？这光阴游走太快，我既怕花开花谢，又忧心君身未至，塞雁先回。

◎满江红·小院深深

【宋】岳珂

小院深深，悄镇日、阴晴无据。
春未足，闺愁难寄，琴心谁与？
曲径穿花寻蛱蝶，虚阑傍日教鹦鹉。
笑十三杨柳女儿腰，东风舞。

云外月，风前絮。情与恨，长如许。
想绮窗今夜，为谁凝伫？洛浦梦回留
佩客，秦楼声断吹箫侣。正黄昏时候
杏花寒，廉纤雨。

◎岳珂，字肃之，号亦斋，晚号倦翁。宋代文学家，岳飞之孙。

◎我与你如云外月，相思却不得相见；我的愁思如风前絮，是那么绵长。今夜的轩窗下，你是否为我伫立？我知你愁心难寄，我亦然。

◎满江红·燕子楼中

【宋】文天祥

和王夫人《满江红》韵，以庶几后山《妾薄命》之意。

燕子楼中，又捱过、几番秋色。
相思处、青年如梦，乘鸾仙阙。
肌玉暗消衣带缓，泪珠斜透花钿侧。
最无端蕉影上窗纱，青灯歇。

曲池合，高台灭。人间事，何堪说！
向南阳阡上，满襟清血。
世态便如翻覆雨，妾身元是分明月。
笑乐昌一段好风流，菱花缺。

◎文天祥，字宋瑞，道号浮休道人、文山。宋代政治家、文学家，爱国诗人。著有《文山诗集》《指南录》等。

◎庭前几番花开花谢，楼外几度月缺月圆。青春时光已飘逝。人生万事，似暴风骤雨无端无常。只有我，心向明月。

◎庭中有奇树

《古诗十九首》

庭中有奇树，绿叶发华滋。
攀条折其荣，将以遗所思。
馨香盈怀袖，路远莫致之。
此物何足贵◎，但感别经时。

◎贵，一作“贡”。

◎折一枝柔英，花香盈满衣袖。我欲赠梦中人，却天遥路远。这花并不珍贵，只是离别太久，想借着花儿表达怀念之情罢了。

◎迢迢牵牛星

《古诗十九首》

迢迢牵牛星，皎皎河汉女。
纤纤擢素手，札札弄机杼。
终日不成章，泣涕零如雨。
河汉清且浅，相去复几许？
盈盈一水间，脉脉不得语。

◎天河清浅，你我相去非远，却为何不得相见？只能在河边，痴痴凝望，默默无言。

送韩揆之江西

［唐］李冶

相看指杨柳，别恨转依依。
万里江西水，孤舟何处归。
湓城潮不到，夏口信应稀。
唯有衡阳雁，年年来去飞。

◎《送韩揆之江西》：一作《送阎伯钧往江州》。看指：一作“招折”。衡：一作“随”。

◎杨柳依依，似我别情。江上烟波浩渺，不见行船，亦不见故人尺素。衡阳雁去，尚有归时，不知故人，可有归期？

◎孟冬寒气至

《古诗十九首》

孟冬寒气至，北风何惨栗。
愁多知夜长，仰观众星列。
三五明月满，四五蟾兔缺。
客从远方来，遗我一书札。

上言长相思，下言久离别。
置书怀袖中，三年字不灭。
一心抱区区，惧君不识察。

◎天寒了，夜长了，我的愁思更深了。望漫天星霜，月圆又缺。那封书信，我一直珍藏，君言长相思，君知久别离。我情意拳拳，怕君不知。

◎子夜四时歌

[唐] 李白

春歌

秦地罗敷女，采桑绿水边。
素手青条上，红妆白日鲜。
蚕饥妾欲去，五马莫留连。

◎盈盈绿水边，有位采桑女。她素手玉肌，天桃秾李。饥饿的蚕儿催她回去，请贵人莫在此间流连。

夏歌

镜湖三百里，菡萏发荷花。
五月西施采，人看隘若耶。
回舟不待月，归去越王家。

◎镜湖平静如鉴，越女泛舟采莲。但见人面如花面，教人争睹芳容。此去万里山水，难见故乡月。

秋歌

长安一片月，万户捣衣声。
秋风吹不尽，总是玉关情。
何日平胡虏，良人罢远征？

◎那千家万户传出的密密捣衣之声，使我在这月下的长安城中，徒增悲切。秋风请将我的思念送到玉门关外，良人啊，何日是归期？

冬歌

明朝驿使发，一夜絮征袍。
素手抽针冷，那堪把剪刀！
裁缝寄远道，几日到临洮？

◎风似刀，霜如剑。我双手冰冷，为君裁衣。明日驿使就要带着我的思念远行，不知君子几时能着我缝的衣？

◎客从远方来

《古诗十九首》

客从远方来，遗我一端绮。
相去万余里，故人心尚尔。
文彩双鸳鸯，裁为合欢被；
著以长相思，缘以结不解。
以胶投漆中，谁能别离此？

◎那远方捎来的素缎上，有君子的相思意。虽然相隔千山，亦知君与我同心。我愿与君如胶似漆，此心不渝。

◎宫词

［唐］朱庆余

寂寂花时闭院门，
美人相并立琼轩。
含情欲说宫中事，
鹦鹉前头不敢言。

◎朱庆余，名可久，字庆余，唐代诗人，喜老庄之道。《全唐诗》存其诗两卷。

◎春花烂漫时，却将宫门紧锁。我们相携廊下，赏这一院春色。正想互相倾诉宫中事，一眼看到那学舌的鹦鹉，便闭嘴不语。

◎惜春词

[唐] 温庭筠

百舌问花花不语，低回似恨横塘雨。
蜂争粉蕊蝶分香，不似垂杨惜金缕。
愿君留得长妖韶，莫逐东风还荡摇。
秦女含嚬向烟月，愁红带露空迢迢。

◎怕雨飘泼，怕花凋落，怕春光偷走，不与人说。君不见月下残花摇曳，是我蛾眉深锁，是我一枕忧愁。

◎梦江南·千万恨

【唐】温庭筠

千万恨，恨极在天涯。
山月不知心里事，
水风空落眼前花。
摇曳碧云斜。

◎恨意万千，但最恨的，是那远在天涯久不归的人。明月不知我心事，风吹落了鲜花，天上的云在晚风的吹拂下微微斜行。

◎菩萨蛮·凤凰相对盘金缕

〔唐〕温庭筠

凤凰相对盘金缕，牡丹一夜经微雨。
明镜照新妆，鬓轻双脸长。
画楼相望久，栏外垂丝柳。
音信不归来，社前双燕回。

◎衣服上的凤凰、牡丹，雍容华贵。对镜弄新妆，却云鬓疏松，人似明日黄花。画楼独坐，望穿天涯，春燕去而复返，楼外却无归人。

◎菩萨蛮五首·选四

【唐】韦庄

其一

红楼别夜堪惆怅，香灯半卷流苏帐。
残月出门时，美人和泪辞。
琵琶金翠羽，弦上黄莺语。
劝我早归家，绿窗人似花。

◎残月将落，我将远行。美人含泪，为我弄弦作歌。故乡的碧纱窗下，倩影如花，声声盼我早日归家。

其二

人人尽说江南好，游人只合江南老。
春水碧于天，画船听雨眠。
垆边人似月，皓腕凝霜雪。
未老莫还乡，还乡须断肠。

◎春水碧透，画船听雨。姣姣好女如云中闲月，山间白雪。谁能不愿终老在江南呢？若白发未生，莫要还乡，那烽火连天之处，令人肠断。

其三

如今却忆江南乐，当时年少春衫薄。
骑马倚斜桥，满楼红袖招。
翠屏金屈曲，醉入花丛宿。
此度见花枝，白头誓不归。

◎当时年少风流，春衫飘举，倚红偎翠，醉入花丛。而今花如昨日，却难觅旧时欢乐。

其五

洛阳城里春光好，洛阳才子他乡老。
柳暗魏王堤，此时心转迷。
桃花春水渌，水上鸳鸯浴。
凝恨对残晖，忆君君不知。

◎桃花灼灼，春水生波。看池中鸳鸯，望落日西沉，令我心生悲戚。洛阳春光虽好，我却是他乡白发之客。满怀的离恨啊，远方的人儿知否？

◎菩萨蛮·子规啼破城楼月

【宋】李师中

子规啼破城楼月，画船晓载笙歌发。
两岸荔枝红，万家烟雨中。
佳人相对泣，泪下罗衣湿。
从此信音稀，岭南无雁飞。

◎李师中，宋朝大臣。著有《珠溪诗集》。

◎佳人清泪湿衣衫，我亦相对无言。此去一别，山高水长，难有音信。子规声声，惊醒天边残月；笙歌一曲，是画船载我离别。蒙蒙烟雨，朦胧了两岸红树，万家灯火。

◎闺怨

【唐】王昌龄

闺中少妇不知愁，
春日凝妆上翠楼。
忽见陌头杨柳色，
悔教夫婿觅封侯。

◎王昌龄，字少伯。唐朝边塞诗人，有“诗家夫子”“七绝圣手”之称。著有《王江宁集》六卷。

◎梳理云鬓，轻点朱唇，缓步登上翠楼，将一春好景看透。忽见陌头柳色青青，一股惆怅涌上心头，后悔让丈夫从军边塞，建功封侯，独留我满满离愁。

◎女冠子二首

【唐】韦庄

其一

四月十七，正是去年今日。别君时。
忍泪佯低面，含羞半敛眉。
不知魂已断，空有梦相随。
除却天边月，没人知。

◎与君一别经年，魂销肠断。当时你低头垂泪，蛾眉深蹙，此情常在我梦中出现。相思苦，何人知？唯有天边月。

其二

昨夜夜半，枕上分明梦见。
语多时。依旧桃花面，频低柳叶眉。
半羞还半喜，欲去又依依。
觉来知是梦，不胜悲。

◎昨夜梦中相见，你我低声絮语。桃花面，柳叶眉，仍是别时容颜。你欲去又不舍，我心中欢喜。醒来方知是梦，心中不觉悲戚。

◎折荷有赠

【唐】李白

涉江玩秋水，爱此红蕖鲜。
攀荷弄其珠，荡漾不成圆。
佳人彩云里，欲赠隔远天。
相思无因见，怅望凉风前。

◎与君隔千山，相逢渺茫。我独自泛舟秋水，手握一枝红蕖，见那露珠零零散散不成圆，就如你我两处飘零，各自惆怅。

秋林縱鴿圖
鈴聲翼影
戾天嬌十五年
前記手描柯
幸排徊林下
路萬株紅
樹似前朝

◎绮怀十六首·其十五

【清】黄景仁

几回花下坐吹箫，银汉红墙入望遥。
似此星辰非昨夜，为谁风露立中宵？
缠绵思尽抽残茧，宛转心伤剥后蕉。
三五年时三五月，可怜杯酒不曾消。

◎黄景仁，字汉镛，一字仲则，号鹿菲子，清代诗人。七言诗极有特色，亦能词。著有《两当轩集》《西蠡印稿》。

◎几回花下独坐，箫声幽咽不忍听闻。星辰如旧，今宵非昨，我凉风中独立，只为伊人。天涯咫尺，相望无言，忆起少时岁月。而今一杯浓酒，也难将我缠绵情思消减。

◎尾犯·夜雨滴空阶

【宋】柳永

夜雨滴空阶，孤馆梦回，情绪萧索。
一片闲愁，想丹青难貌。秋渐老、
蛩声正苦，夜将阑、灯花旋落。
最无端处，总把良宵，只恁孤眠却。

佳人应怪我，别后寡信轻诺。
记得当初，剪香云为约。甚时向、
幽闺深处，按新词、流霞共酌。
再同欢笑。肯把金玉珍珠博。

◎柳永，原名三变，北宋著名词人，婉约派代表人物。

◎冷雨敲窗，秋蛩哀鸣，我心中一片凄凉，难用丹青描绘。犹记当初，我与佳人海誓山盟，而今，我却将芳心辜负。

◎无题

【唐】李商隐

重帏深下莫愁堂，卧后清宵细细长。
神女生涯原是梦，小姑居处本无郎。
风波不信菱枝弱，月露谁教桂叶香。
直道相思了无益，未妨惆怅是清狂。

◎李商隐，字义山，号玉溪生。唐代诗人，和杜牧合称“小李杜”。

◎帷幕深垂，独坐清宵，方知巫山神女遇楚王，原是幻梦一场罢了。我虽知相思无益，却奈何不得本心，唯有将一腔惆怅化作一片痴情。

◎有所思

《汉乐府》

有所思，乃在大海南。
何用问遗君？双珠玳瑁簪，
用玉绍缭之。闻君有他心，
拉杂摧烧之。摧烧之，当风扬其灰。

从今以往，勿复相思！相思与君绝！
鸡鸣狗吠，兄嫂当知之。
妃呼豨！秋风肃肃晨风飔，
东方须臾高知之。

◎听闻君心已转，我便把相思断绝，将此簪碾碎、烧毁，连灰烬也随风吹走。东方既白，秋风萧萧，我知道该怎么做了。

◎明月何皎皎

《古诗十九首》

明月何皎皎，照我罗床帏。
忧愁不能寐，揽衣起徘徊。
客行虽云乐，不如早旋归。
出户独彷徨，愁思当告谁。
引领还入房，泪下沾裳衣。

◎月色如银，入我轩窗。惆怅难眠，情思向谁诉说？秋风冷，夜深凉，我的泪珠打湿了衣裳。君子远游，纵然欢乐，莫忘故乡还有我在企盼君子归来。

◎明月夜留别

[唐] 李冶

离人无语月无声，
明月有光人有情。
别后相思人似月，
云间水上到层城。

◎冷月无声，离人别情依依，默默无语。天涯海角，碧落黄泉，我的思念如月，伴你左右。

◎春思

【唐】李白

燕草如碧丝，秦桑低绿枝。
当君怀归日，是妾断肠时。
春风不相识，何事入罗帏？

◎燕草秦桑又绿，方知又是一春。君可知，你怀乡盼归时，我早已思君如肠断？这春风着实恼人，我与它素不相识，何苦来招惹我？

◎春思二首

【唐】贾至

其一

草色青青柳色黄，
桃花历乱李花香。
东风不为吹愁去，
春日偏能惹恨长。

◎贾至，唐代诗人，古文运动的首倡者。著有文集三十卷。

◎春草青绿，柳芽儿嫩黄。桃花纷乱，李花飘香。春风啊吹不散我的愁绪，却教我思愁绵长。

其二

红粉当垆弱柳垂，

金花腊酒解酴(tú)醾(mí)。

笙歌日暮能留客，

醉杀长安轻薄儿！

◎佳人轻歌曼舞，不觉天色已晚。索性饮一盏春酒，让我醉倒在这长安的酒肆中。

◎春词

【唐】白居易

低花树映小妆楼，
春入眉心两点愁。
斜倚栏干背鹦鹉，
思量何事不回头。

◎花影交错，树影重重。春光虽好，入我眉间却成烦忧。斜倚栏杆，有鹦鹉喃喃，我不敢回头，怕这学舌的鸟儿，嘲笑我无故觅闲愁。

◎春宫怨

［唐］杜荀鹤

早被婵娟误，欲妆临镜慵。
承恩不在貌，教妾若为容。
风暖鸟声碎，日高花影重。
年年越溪女，相忆采芙蓉。

◎杜荀鹤，字彦之，自号九华山人。其诗语言通俗、风格清新，后人称“杜荀鹤体”。

◎鸟语细碎，春风微暖，艳阳高照，花影重重。君王宠爱的不是美丽的容貌，我便没了心思梳妆打扮。当年溪水边，我与姐妹们争采芙蓉，而今，我深宫独坐，只有帘幕几重。

◎春闺怨

【唐】杜荀鹤

朝喜花艳春，
暮悲花委尘。
不悲花落早，
悲妾似花身。

◎一朝春花正艳，一朝零落成泥。喜也罢，悲也罢，我已知花落有时不由人。只恨韶光易逝，我身如落花。

◎春词二首

［唐］常建

其一

苑苑黄柳丝，濛濛杂花垂。
日高红妆卧，倚对春光迟。
宁知傍淇水，騕yǎo袅niǎo黄金羁。

◎常建，唐代诗人。

◎对：一作“树”。光：一作“风”。

◎春柳如丝，杂花烂漫。红装佳人时而高卧，时而倚门，她望向那淇水岸边，眼里不是春光，而是那策马少年郎。

其二

翳翳陌上桑，南枝交北堂。

美人金梯出，素手自提筐。

非但◎畏蚕饥，盈盈娇路傍。

◎畏：一作“为”

◎美人袅袅婷婷，素手提筐，采桑路旁。那饥饿的春蚕，正等着饱食一场。

◎春怨

［唐］金昌绪

打起黄莺儿，
莫教枝上啼。
啼时惊妾梦，
不得到辽西。

◎金昌绪，唐代诗人。现今仅存诗《春怨》一首，广为流传。

◎叽叽喳喳的黄莺儿，你们快些飞走罢。我在梦中才能去到那相隔千山的地方，你们休将我的好梦惊破。

◎春闺怨

【元】乔吉

雪月风花收拾够也，用心用力这时节，
担儿上一担担风月。途路赊，步步些些。
不系雕鞍门前柳，玉容寂寞见花羞，
冷风儿吹雨黄昏后。帘控钩，掩上珠楼，
风雨替花愁。

黑海春愁浑无处躲，嫩香腻玉渐消磨，
瘦呵也不似今春个。无奈何，自画双蛾，
添得越愁多。薄命儿心肠软软，道声去也泪涟涟，
这些时攒下春闺怨。离恨天，几度前，
羞见月儿圆。

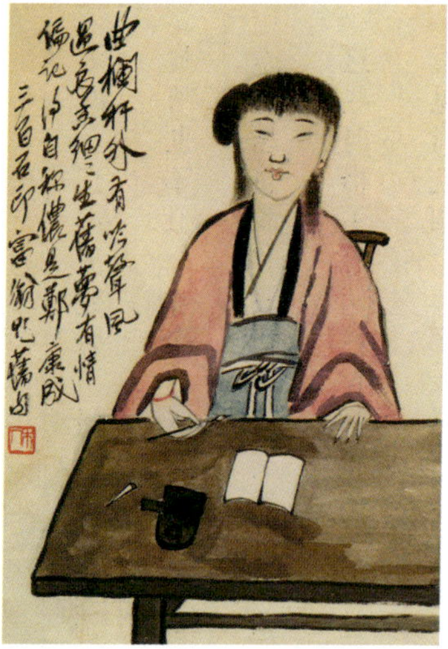

◎乔吉，字梦符，号笙鹤翁，又号惺惺道人。元代杂剧家。

◎怕见春红，怕见秋月，怕花月笑我朱颜改。风也冷，雨也冷，夜深愁绪更多。我闲愁万种，无处躲藏。我的一双泪眼，不愿见到月儿圆。

◎杂诗

【三国】曹植

南国有佳人，容华若桃李。
朝游江北岸，夕宿潇湘沚。
时俗薄朱颜，谁为发皓齿？
俯仰岁将暮，荣耀难久恃。

◎曹植，字子建，三国时期著名文学家，建安文学代表人物之一。

◎春风桃李，美艳动人，但难禁风霜的摧折。一朝朝，一暮暮，惊觉岁月蹉跎。天涯飘零，到如今，只留下玉容寂寞。

◎杂诗三首·选二

［唐］王维

其一

家住孟津河，
门对孟津口。
常有江南船，
寄书家中否。

◎王维，字摩诘，号摩诘居士，唐代诗人、画家。著有《王右丞集》《画学秘诀》等。

◎汩汩的河水，载着来往的船只。我日日在渡口等待，是否有鸿雁归来？

其三

已见寒梅发，
复闻啼鸟声。
心心视春草，
畏向阶前生。

◎一阵鸟啼，红了枝上寒梅，绿了阶前春草。这愈来愈盛的春色，却教我心生惶恐。

◎杂曲歌辞·浪淘沙

［唐］白居易

选一

借问江湖与海水，
何似君情与妾心。
相恨不如潮有信，
相思始觉海非深。

◎潮水有信，君子不归。大海虽深，不及我相思之情。

选二

海底飞尘终有日，
山头化石岂无时。
谁道小郎抛小妇，
船头一去没回期。

◎沧海终会干涸，高山终会碎裂，而君子一别，再无归期。

◎杂诗三首

【唐】沈佺期

其一

落叶惊秋妇，高砧促暝机。
蜘蛛寻月度，萤火傍人飞。
清镜红埃入，孤灯绿焰微。
怨啼能至晓，独自懒缝衣。

◎沈佺期，字云卿，唐代诗人，与宋之问齐名，人称“沈宋”。

◎中秋又至，征人仍无消息。灯焰暗了，明镜也蒙上灰尘，那又如何呢？低声悲泣到天明。

其二

妾家临渭北，春梦著辽西。
何苦朝鲜郡，年年事鼓鼙。
燕来红壁语，莺向绿窗啼。
为许长相忆，阑干玉箸齐。

◎征人一别几载，我将春看过，秋盼过。万里山水，身不能至，只在梦中与君相会。我的思念不曾淡去，常常和泪相伴。

其三

闻道黄龙戍，频年不解兵。
可怜闺里月，长在汉家营。
少妇今春意，良人昨夜情。
谁能将旗鼓，一为取龙城？

◎望天边明月，思绪已随征人去到远方。我的相思，亦是征人的怀归之意。

◎柳枝词

【唐】刘禹锡

清江一曲柳千条，
二十年前旧板桥。
曾与美人桥上别，
恨无消息到今朝。

◎旧板桥下一池春水，梁苑城西杨柳千条。别后伤心二十载，恨与佳人无消息。

◎柳梢青·吴中

【宋】释仲殊

岸草平沙。吴王故苑，柳袅烟斜。

雨后寒轻，风前香软，春在梨花。

行人一棹天涯。酒醒处，残阳乱鸦。

门外秋千，墙头红粉，深院谁家？

◎释仲殊，字师利，本姓张，名挥，北宋僧人、词人。仲殊为其法号。

◎春柳如烟，春雨轻寒。我小楫轻舟，漂流四海。今宵酒醒，路过了谁家深院？秋千摇摇荡荡，那丽人的倩影，也在我心间摇荡。

◎赋得自君之出矣

【唐】张九龄

自君之出矣，
不复理残机。
思君如满月，
夜夜减清辉。

◎张九龄，字子寿，号博物。唐朝名相、政治家、文学家、诗人，积极发展五言古诗，诗风清淡，著有《曲江集》。

◎与君别后，人也变得慵懒。思念就如天上圆月，清辉一夜一夜消减。

◎赠邻女

【唐】鱼玄机

羞日遮罗袖，愁春懒起妆。
易求无价宝，难得有心郎。
枕上潜垂泪，花间暗断肠。
自能窥宋玉，何必恨王昌。

◎鱼玄机，初名鱼幼微，字蕙兰，晚唐女诗人。诗作现存五十首，收于《全唐诗》。

◎淡描眉，懒梳妆。枕上泪痕未干，独步花间，暗自神伤。既知君子多薄幸，难得有情郎，何必忧思不肯忘？

◎贺新郎·夏景

【宋】苏轼

乳燕飞华屋。悄无人，桐阴转午，晚凉新浴。
手弄生绡白团扇，扇手一时似玉。
渐困倚、孤眠清熟。
帘外谁来推绣户，枉教人、梦断瑶台曲。
又却是，风敲竹。

石榴半吐红巾蹙。
待浮花浪蕊都尽，伴君幽独。
秾艳一枝细看取，芳心千重似束。
又恐被、秋风惊绿。
若待得君来向此，花前对酒不忍触。
共粉泪，两簌簌。

◎何人推我门窗，扰我清梦？却不见故人，只有秋风，吹动绿竹。石榴花瓣千重，我心事亦千重。来日待我与花共饮，我泣粉泪，花落残红。

◎燕歌行二首

【三国】曹丕

其一

秋风萧瑟天气凉，草木摇落露为霜。
群燕辞归鹄南翔，念君客游思断肠。
慊qiàn慊思归恋故乡，君何淹留寄他方？
贱妾茕茕守空房，忧来思君不敢忘，
不觉泪下沾衣裳。

援琴鸣弦发清商，短歌微吟不能长。
明月皎皎照我床，星汉西流夜未央。
牵牛织女遥相望，尔独何辜限河梁。

◎曹丕，字子桓，三国时期政治家、文学家，建安文学代表人物之一。著有《典论》。

◎秋风萧瑟，白露凝霜。只见南飞燕，不见远行人。空闺独坐，琴弦呜咽，不觉泪湿衣裳。君似牛郎我似织女，只有在天河两岸，遥遥相望。

其二

别日何易会日难，山川悠远路漫漫。
郁陶yáo思君未敢言，寄声浮云往不还。
涕零雨面毁形颜，谁能怀忧独不叹。
展诗清歌聊自宽，乐往哀来摧肺肝。

耿耿伏枕不能眠，披衣出户步东西。

仰看星月观云间，

飞鸧cāng晨鸣声可怜，留连顾怀不能存。

◎水远山高，长路漫漫。心中郁结的思念不敢言说，为何相见日少，多苦离别？满面的泪痕啊，使我容颜枯损。辗转不眠的夜，唯有望云间星月，吟一曲清歌，慰藉我心中伤悲。

◎点绛唇·春愁

［宋］赵鼎

香冷金炉，梦回鸳帐余香嫩。
更无人问，一枕江南恨。
消瘦休文，顿觉春衫褪。
清明近，杏花吹尽，薄暮东风紧。

◎赵鼎，字元镇，号得全居士，南宋著名政治家、文学家。他善文、诗、词，著有《忠正德文集》《得全居士词》等。

◎鸳鸯帐中残留着余香，梦醒，愁绪却难消散。病中渐渐消瘦，春衫又宽了几寸。又是一年清明时，东风伴着春雨，春色还能留几分？

◎采莲曲

[唐] 李白

若耶溪傍采莲女，笑隔荷花共人语。
日照新妆水底明，风飘香袖空中举。
岸上谁家游冶郎，三三五五映垂杨。
紫骝嘶入落花去，见此踟蹰空断肠。

◎若耶溪上，荷叶田田。采莲女们瑰姿艳逸，香袖飘举。她们泛舟采莲，轻歌笑语。岸上是谁家公子？瞧那不知愁的马儿，踩污了一地落英，却教我心生怅惘。

◎采莲令·月华收

[宋]柳永

月华收，云淡霜天曙。四征客、此时情苦。
翠娥执手送临歧，轧轧开朱户。
千娇面、盈盈伫立，无言有泪，断肠争忍回顾。

一叶兰舟，便恁急桨凌波去。
贪行色、岂知离绪。万般方寸，但饮恨，
脉脉同谁语。更回首、重城不见，
寒江天外，隐隐两三烟树。

◎你我分别时，月如晦，霜华冷。你不发一言，清泪两行；我不忍看你，只觉肝肠寸断。一叶行舟，载我远去，回望处，不见重城，不见你。

◎怨情

［唐］李白

美人卷珠帘，
深坐颦蛾眉。
但见泪痕湿，
不知心恨谁。

◎但见美人蛾眉微蹙，玉容悲戚，独坐中宵，却不知她为谁垂泪到天明？

◎长相思三首

【唐】李白

其一

长相思，在长安。
络纬秋啼金井阑，微霜凄凄簟色寒。
孤灯不明思欲绝，卷帷望月空长叹，
美人如花隔云端。

上有青冥之长天，下有渌水之波澜。
天长路远魂飞苦，梦魂不到关山难。
长相思，摧心肝。

◎微：一作“凝”。明：一作“寐”。美人如花：一作“佳期迢迢”。

◎日日相思，望尽长安。秋虫争鸣，秋草凝霜。孤灯昏暗，我对月长叹。关山已远，美人更在关山外。相思的人儿，你我相隔在云端。夜夜相思，摧心肝。

其二

日色已尽花含烟，月明如素愁不眠。
赵瑟初停凤凰柱，蜀琴欲奏鸳鸯弦。
此曲有意无人传，愿随春风寄燕然，
忆君迢迢隔青天。
昔时横波目，今成流泪泉。
不信妾肠断，归来看取明镜前。

◎如：一作“欲”。时：一作“日”。

◎夜月如水，教人辗转难成眠，弹毕赵瑟，又弄蜀琴。我曲中有意，只有君知晓。从前美盼，今成泪泉。君可归来相看，我镜中的憔悴容颜。

其三

美人在时花满堂，美人去后花余床。
床中绣被卷不寝，至今三载闻余香。
香亦竟不灭，人亦竟不来。
相思黄叶落，白露湿青苔。

◎花：一作："空"。卷不寝：一作"更不卷"。闻余香：一作"犹闻香"。落：一作"尽"。湿：一作"点"。

◎佳人已远，空留余香寂寂不灭。稀疏黄叶飘落，白露沾湿青苔。相思三载，魂梦不曾归来。

◎长命女·春日宴

【五代】冯延巳

春日宴，绿酒一杯歌一遍。
再拜陈三愿：
一愿郎君千岁，二愿妾身常健，
三愿如同梁上燕，岁岁长相见。

◎冯延巳，字正中，五代时词人。其词多写闲情逸致，文人气息浓厚，著有《阳春集》。

◎饮一杯酒，唱一首歌。愿郎君无忧，愿我身常健，愿我二人如这春燕，相偕到白头。

◎长相思·花似伊

【宋】欧阳修

花似伊，柳似伊。

花柳青春人别离。低头双泪垂。

长江东，长江西。

两岸鸳鸯两处飞。相逢知几时。

◎欧阳修，字永叔，号醉翁，晚号六一居士，宋代文学家。曾主修《新唐书》，并独撰《新五代史》。有《欧阳文忠集》传世。

◎春正好时，花色浓，柳青青。桃花如面，柳如蛾眉。我低头不语，你默默垂泪。今日一别，卿与我相隔天涯，鸳鸯两处飞，何日相会？

◎水龙吟·杨花

【宋】章楶

燕忙莺懒芳残，正堤上、柳花飘坠。
轻飞乱舞，点画青林，全无才思。
闲趁游丝，静临深院，日长门闭。
傍珠帘散漫，垂垂欲下，依前被、风扶起。

兰帐玉人睡觉，怪春衣、雪沾琼缀。
绣床旋满，香球无数，才圆却碎。
时见蜂儿，仰粘轻粉，鱼吞池水。
望章台路杳，金鞍游荡，有盈盈泪。

◎章楶，字质夫，北宋诗人。著有《成都古今诗集》等。

◎趁着春日的游丝，杨花偷偷潜入我的画苑，似乱雪纷纷，如碎玉点点。落满床帏的香球，教人不忍碰碎。眼见那蜂儿追逐，鱼儿欢游，漫漫长路上，却没有你的身影。

◎水龙吟·次韵章质夫杨花词

【宋】苏轼

似花还似非花，也无人惜从教坠。

抛家傍路，思量却是，无情有思。

萦损柔肠，困酣娇眼，欲开还闭。

梦随风万里，寻郎去处，又还被，莺呼起。

不恨此花飞尽，恨西园、落红难缀。
晓来雨过，遗踪何在，一池萍碎。
春色三分，二分尘土，一分流水。
细看来，不是杨花，点点是离人泪。

◎黄莺儿扰破春梦，我不能梦中寻你。拂晓一阵风雨，落花随流水无迹。那池上碎萍点点，不是无情杨花，是我胭脂红泪。

◎风入松·一春长费买花钱

【宋】俞国宝

一春长费买花钱，日日醉湖边。

玉骢惯识西湖路，骄嘶过、沽酒楼前。

红杏香中箫鼓，绿杨影里秋千。

暖风十里丽人天，花压鬓云偏。

画船载取春归去，余情付、湖水湖烟。

明日重扶残醉，来寻陌上花钿。

◎俞国宝，南宋诗人，江西诗派代表诗人之一。著有《醒庵遗珠集》。

◎春风十里，吹得游人微醺。红楼箫鼓，画船载酒，教人日日沉醉。繁花满头的丽人，偶然失落了花钿，待明日，我趁着残存的酒意，为佳人捡拾。

◎望江南·幽州九日

【宋】汪元量

官舍悄，坐到月西斜。永夜角声悲自语，客心愁破正思家。南北各天涯。

肠断裂，搔首一长嗟。绮席象床寒玉枕，美人何处醉黄花。和泪捻琵琶。

◎汪元量，字大有，号水云，南宋末诗人、词人、宫廷琴师。通晓音律、善鼓琴。著有《水云集》《湖山类稿》等。

◎长夜里阵阵号角声，宛如凄凄自语。我月下独坐，直到月落。身为幽囚之客，对故园的思念使我肝肠寸断。忆起旧日的时光，美人们拥金枕玉，醉赏秋菊，而今只有和泪捻琵琶，曲中思乡。

◎和乐天《春词》

［唐］刘禹锡

新妆宜面下朱楼，
深锁春光一院愁。
行到中庭数花朵，
蜻蜓飞上玉搔头。

◎中庭花朵正艳，蜻蜓将玉簪装点。这满院春光，不知曾为谁零落，而今又为谁喧闹？

◎秋夕

［唐］杜牧

银烛秋光冷画屏，
轻罗小扇扑流萤。
天阶夜色凉如水，
坐看牵牛织女星。

◎杜牧，字牧之，号樊川居士，唐代诗人、散文家。其以七言绝句著称，内容以咏史抒怀为主，著有《樊川文集》。

◎银烛垂泪，画屏幽冷，我手持一把小扇，将流萤扑散。独坐石阶上，望天上牛郎与织女相会，夜凉如水。

◎思帝乡四首

【唐】韦庄

其一

春日游，杏花吹满头。
陌上谁家年少，足风流。
妾拟将身嫁与，一生休。
纵被无情弃，不能羞。

◎春风吹得杏花落满头，陌上少年，恣意风流。我愿与君共度余生，纵被抛弃也不后悔！

其二

夏日游，杨花飞絮缀满头。

年少轻狂，任意不知羞。

为比花容，一身罗裳玉搔首。

休言愁！

◎杨花飞絮，缀满云鬓。暑气正盛，如你我二人浓情，竟不知愁为何物。

其三

秋日游，落英缤纷花满头。
儿郎情深，依依双泪流，
恨离愁。不忍别，
待到山崩水断流！

◎秋风渐起，吹落繁花满头。你我执手相看，泪眼婆娑。我宁可山崩水断流，也不愿与君分离。

其四

冬日游，似水云雪落满头。
莫是谁家少年不知愁。
纵无心，跌入云泥，
相看笑不休！

◎我鬓已落雪，而君无归期。这无心笑我的少年，你莫有忧愁烦恼，否则我也会笑不休！

◎玉楼春·拂水双飞来去燕

[五代]顾敻

拂水双飞来去燕，曲槛小屏山六扇。
春愁凝思结眉心，绿绮懒调红锦荐。
话别情多声欲颤，玉箸痕留红粉面。
镇长独立到黄昏，却怕良宵频梦见。

◎顾敻（xiòng），五代词人。其词风格似温庭筠，今存五十五首，全部写男女之情。

◎眉间春愁浓，绿绮不成调。别时声颤，把千行泪抛。独立黄昏，却怕梦中相见，梦醒人凄然。

◎玉楼春·惊沙猎猎风成阵

【金】元好问

惊沙猎猎风成阵，白雁一声霜有信。
琵琶肠断塞门秋，却望紫台知远近。
深宫桃李无人问，旧爱玉颜今自恨。
明妃留在两眉愁，万古春山颦不尽。

◎元好问，字裕之，号遗山，世称遗山先生。金末著名文学家、历史学家。

◎琵琶一曲，摧人肠断。长安已远，昭君此去无归程。眉间离恨，心上别愁，恰如远山。

◎破阵子·燕子来时新社

【宋】晏殊

燕子来时新社，梨花落后清明。
池上碧苔三四点，叶底黄鹂一两声，日长飞絮轻。
巧笑东邻女伴，采桑径里逢迎。
疑怪昨宵春梦好，元是今朝斗草赢，笑从双脸生。

◎晏殊，字同叔，北宋著名文学家、政治家。其词著于文坛，尤擅小令，风格含蓄婉丽，存世有《珠玉词》等。

◎梨花落去，春光融融。柳絮纷飞，燕语莺啼。东邻姑娘喜笑颜开，双颊生春。是因昨夜美梦？原来是今天斗草赢了啊。

◎鹧鸪天·手捻香笺忆小莲

［宋］晏几道

手捻香笺忆小莲。欲将遗恨倩谁传。
归来独卧逍遥夜，梦里相逢酩酊天。
花易落，月难圆。只应花月似欢缘。
秦筝算有心情在，试写离声入旧弦。

◎晏几道，字叔原，号小山，北宋著名词人，晏殊第七子。工于言情，其小令语言清丽，尤负盛名。著有《小山词》。

◎寂静的长夜，欢情只在梦中。那秦筝若是有心，请为我这离人，奏一曲离歌。那歌中情，如花易落，如月难圆。

◎题都城南庄

［唐］崔护

去年今日此门中，
人面桃花相映红。
人面不知何处去，
桃花依旧笑春风。

◎崔护，字殷功，唐代诗人。《全唐诗》存其诗六首，皆是佳作。

◎去年初遇，佳人与桃花皆迷人。而今，佳人芳踪无处寻觅，只有春风依旧，桃花怒放。

◎题木兰庙

【唐】杜牧

弯弓征战作男儿，
梦里曾经与画眉。
几度思归还把酒，
拂云堆上祝明妃。

◎温一壶浊酒，与明妃共饮。木兰也曾描眉画目，粉黛红装，那是梦里岁月。而今我手挽强弓，征程万里，不知何日是归期。

◎蝶恋花·春景

【宋】苏轼

花褪残红青杏小，燕子飞时，绿水人家绕。
枝上柳绵吹又少，天涯何处无芳草。
墙里秋千墙外道，墙外行人，墙里佳人笑。
笑渐不闻声渐悄，多情却被无情恼。

◎花渐落，柳绵随风，春已暮，天涯青草处处。我偶然经过，闻得佳人巧笑，心中泛起波澜。可惜这笑语声渐渐消失，只留下多情的我，似被无情的你撩拨。

◎蝶恋花·暖雨和风初破冻

[宋]李清照

暖雨和风初破冻，柳眼梅腮，已觉春心动。
酒意诗情谁与共？泪融残粉花钿重。
乍试夹衫金缕缝，山枕斜欹，枕损钗头凤。
独抱浓愁无好梦，夜阑犹剪灯花弄。

◎一杯薄酒，一张诗笺，和风暖雨中，我却满面泪痕。这满腔浓愁，只有在万籁俱寂时，对着灯花，剪去我一场又一场空梦。

◎蝶恋花·和漱玉词

［清］王士祯

凉夜沉沉花漏冻，欹枕无眠，
渐觉荒鸡动。
此际闲愁郎不共，月移窗罅春寒重。
忆共锦裯无半缝，郎似桐花，
妾似桐花凤。
往事迢迢徒入梦，银筝断续连珠弄。

◎王士祯，原名王士禛，字子真，号阮亭，又号渔洋山人，世称王渔洋。清代诗人、文学家。

◎凉夜沉沉，教人难入眠。月入轩窗，春寒更重，我闲愁种种，无人诉说。往事迢迢来入梦，那时，郎似桐花，我似桐花凤。

◎蝶恋花·春江暖涨桃花水

【元】顾瑛

三月二十日，陈浩然招游观音山，宴张氏楼，徐姬楚兰佐酒，以琵琶度曲，郯云台为之心醉。口占戏之。

春江暖涨桃花水。画舫珠帘，载酒东风里。四面青山青似洗，白云不断山中起。过眼韶华浑有几。玉手佳人，笑把琵琶理。枉杀云台标外史。断肠只合江州死。

◎顾瑛，字仲瑛，又名德辉，元代文学家。

◎青山如洗，桃花水暖。沐一缕春风，把一盏清酒。佳人玉手将朱弦慢捻，《金缕》一曲，教我沉醉其中。

◎蟾宫曲·寒食新野道中

〔元〕卢挚

柳濛烟梨雪参差，犬吠柴荆，
燕语茅茨。老瓦盆边，田家翁媪ǎo，
鬓发如丝。桑柘zhè外秋千女儿，
髻双鸦斜插花枝。转眄miǎn移时，
应叹行人，马上哦诗。

◎卢挚，字处道，一字莘老，号疏斋，又号蒿翁，元代散曲作家。今存散曲一百二十首。

◎柳枝新绿，梨花初白。我途经农家，却闻柴门犬吠，燕语呢喃。那农家老人，鬓发如丝；荡着秋千的小女儿，为何总在看我？

◎虞美人·疏梅月下歌金缕

【宋】晏几道

疏梅月下歌金缕。忆共文君语。
更谁情浅似春风。一夜满枝新绿、替残红。
蘋香已有莲开信。两桨佳期近。
采莲时节定来无？醉后满身花影、倩人扶。

◎感情有时如海深，有时又似春风浅。清朗的月光下，枝上新绿替了残红，采莲时节又至，美人可一定要来啊！

◎西江月·宝髻松松挽就

【宋】司马光

宝髻松松挽就，铅华淡淡妆成。
青烟翠雾罩轻盈，飞絮游丝无定。
相见争如不见，有情何似无情。
笙歌散后酒初醒，深院月斜人静。

◎司马光，字君实，号迂叟，世称涑水先生，北宋政治家、史学家、文学家。

◎伊人舞姿似飞絮轻旋。宴席散后，酒醒，我心生凄然。怪我多情，不知相见过后，相思更甚。却只有将伊人倩影，留在昨夜的梦中。

◎美女篇

【三国】曹植

美女妖且闲，采桑歧路间。柔条纷冉冉，叶落何翩翩。
攘袖见素手，皓腕约金环。头上金爵钗，腰佩翠琅láng玕gān。
明珠交玉体，珊瑚间木难。罗衣何飘飘，轻裾随风还。
顾盼遗光彩，长啸气若兰。行徒用息驾，休者以忘餐。
借问女安居，乃在城南端。青楼临大路，高门结重关。

容华耀朝日，谁不希令颜？
媒氏何所营？玉帛不时安。
佳人慕高义，求贤良独难。
众人徒嗷嗷，安知彼所观？
盛年处房室，中夜起长叹。

◎温柔娴静的采桑姑娘，面容如初升的太阳，柳腰纤细，顾盼生姿。怎知道韶华在闺中流逝，徒留一声嗟叹。

◎美人对月

[明] 唐寅

斜髻娇娥夜卧迟，
梨花风静鸟栖枝。
难将心事和人说，
说与青天明月知。

◎唐寅，字伯虎，小字子畏，号六如居士，明朝著名书法家、画家、诗人。

◎风停了，夜深了，鸟儿也睡了。我将满腹心事说给青天，说给明月，希望你们替我掩藏。

◎越人歌

《汉乐府》

今夕何夕兮搴洲中流。
今日何日兮得与王子同舟。
蒙羞被好兮不訾诟耻，
心几顽而不绝兮得知王子。
山有木兮木有枝，心说君兮君不知？

◎轻摇舟楫，越女心中泛起层层涟漪，偷看舟中君子，我心绪如丝如缕。山中有树，树上有枝，我心悦君，君却不知。

◎踏莎行·柳絮风轻

【宋】谢逸

柳絮风轻，梨花雨细。春阴院落帘垂地。
碧溪影里小桥横，青帘市上孤烟起。
镜约关情，琴心破睡。轻寒漠漠侵鸳被。
酒醒霞散脸边红，梦回山蹙眉间翠。

◎谢逸，字无逸，号溪堂，北宋文学家。著有《溪堂集》等。

◎春雨如丝，打湿了枝上梨花。我在醉眼蒙眬中，望见那一缕孤烟。酒醒了，梦醒了，那离别的桥上，没有你归来的身影。

◎青青河畔草

《古诗十九首》

青青河畔草，郁郁园中柳。
盈盈楼上女，皎皎当窗牖。
娥娥红粉妆，纤纤出素手。
昔为倡家女，今为荡子妇。
荡子行不归，空床难独守。

◎佳人若秋月，盈盈登绣楼。娥娥粉面，纤纤素手。昔在烟花地，今成盼归人。

◎霜月

【唐】李商隐

初闻征雁已无蝉，
百尺楼高水接天。
青女素娥俱耐冷，
月中霜里斗婵娟。

◎北雁南飞，再无蝉鸣。月白霜清的深夜，秋意寒凉。我独坐高楼，远望着雾鬓风鬟的霜神青女与月中嫦娥，在寒冷中愈显她们绰约多姿。

◎黄金缕·妾本钱塘江上住

【宋】司马槱

妾本钱塘江上住，花落花开，不管年华度。燕子又将春色去。纱窗一阵黄昏雨。

斜插犀梳云半吐。檀板清歌，唱彻黄金缕。望断行云无去处。梦回明月生南浦。

◎司马槱，字才仲，宋代词人。《全宋词》录其词二首。

◎芳草暮寒，又几番风雨。等闲花落，又将今春看过。犹记佳人笙歌，南浦明月，到如今，天涯无行踪。

◎行行重行行

《古诗十九首》

行行重行行，与君生别离。
相去万余里，各在天一涯。
道路阻且长，会面安可知？
胡马依北风，越鸟巢南枝。

美

◎春词

【唐】白居易

低花树映小妆楼，
春入眉心两点愁。
斜倚栏干背鹦鹉，
思量何事不回头。

人

◎秋夕

【唐】杜牧

银烛秋光冷画屏，
轻罗小扇扑流萤。
天阶夜色凉如水，
坐看牵牛织女星。

借山唫館主者製

◎霜月

【唐】李商隐

初闻征雁已无蝉，
百尺楼高水接天。
青女素娥俱耐冷，
月中霜里斗婵娟。

◎美人对月

【明】唐寅

斜髻娇娥夜卧迟，
梨花风静鸟栖枝。
难将心事和人说，
说与青天明月知。

麻姑進釀圖